SAAT VON DEN STERNEN

VON H.P. LOVECRAFT

INS DEUTSCHE ÜBERTRAGEN VON

MICHAEL SIEFENER

ZWEISPRACHIGE AUSGABE

ISBN-10: 1-953215-41-6
ISBN-13: 978-1-953215-41-3
Titelbild © 2021 von Eleanore Stasheff
Deutsche Übersetzung © 1999 von Michael Siefener
Titelseitenkunst © 1930 von Hugh Rankin, Erstveröffentlichung
mal in *Weird Tales* 84, vol. 16, Nr. 3, September 1930
Herausgegeben von Pickman's Press
Edgewood, New-Mexiko, Vereinigte Staaten
Besuchen Sie uns auf http://pickmanspress.com

INHALTSVERZEICHNIS

EINFÜHRUNG

Saat von den Sternen (*Fungi from Yuggoth* auf Englisch) ist bei weitem H.P. Lovecrafts berühmteste und meistgelesene Gedichtsammlung, was wahrscheinlich auf ihre Verbindung zu seinem Hauptwerk, dem Cthulhu-Mythos, zurückzuführen ist. In diesen Versen finden sich Verweise auf Mythos-Gottheiten wie Azathoth, Nyarlathotep und den König in Gelb; Mythos-Monster wie Nightgaunts, Shoggoths, die Elder Things und Brown Jenkin; und Orte wie Arkham, Aylesbury, Dunwich, Innsmouth, das Plateau von Leng und natürlich Yuggoth.

Fast alle der sechsunddreißig Sonette wurden in einem Ausbruch kreativer Energie während einer einzigen Woche rund um den Neujahrstag geschrieben, die sich von Ende 1929 bis Anfang 1930 erstreckte. Sie wurden jedoch zunächst nicht zusammen veröffentlicht. Im Laufe der nächsten Jahre wurden die meisten Gedichte einzeln oder gelegentlich paarweise in verschiedenen Zeitschriften veröffentlicht - vor allem in *Weird Tales*, aber auch in fast einem halben Dutzend anderer Zeitschriften. Erst einige Jahre nach Lovecrafts Tod (1937) wurde der gesamte Gedichtzyklus in *Beyond the Wall of Sleep* (*Jenseits der Mauer des Schlafes*) gesammelt, das 1943 von Arkham House veröffentlicht wurde. Es war August Derleth - Lovecrafts Freund, Protegé und literarischer Nachlassverwalter -, der als Erster die Reihenfolge der Gedichte festlegte, eine Reihenfolge, die bis heute beibehalten wurde. Leider wissen wir nicht, ob Lovecraft selbst die Gedichte in dieser Reihenfolge angeordnet hätte - vorausgesetzt, er hätte sie überhaupt geordnet.

Literaturkritiker streiten sich nach wie vor darüber, ob es sich bei *Saat von den Sternen* um ein erzählendes Gedicht (eines, das eine Geschichte in Reimen erzählt) oder um einen Gedichtzyklus (eine Sammlung separater, einzelner Gedichte mit einem gemeinsamen Thema) handelt. Die Tatsache, dass Lovecraft die Gedichte separat in verschiedenen Zeitschriften veröffentlichte, deutet jedoch stark darauf hin, dass er sie als Gedichtzyklus betrachtete. Sicherlich haben die verschiedenen Sonette eher eine gemeinsame Stimmung, Atmosphäre und Bildsprache gemeinsam als einen durchgehenden Handlungsstrang.

Das hat Kritiker und Fans gleichermaßen nicht davon abgehalten, in *Saat von den Sternen* eine Erzählung zu suchen. Die ersten drei Gedichte scheinen tatsächlich eine Geschichte zu erzählen: In einer alten Buchhandlung findet der Erzähler einen uralten Folianten mit okkultem Wissen, stiehlt ihn und rennt nach Hause. Sobald er beginnt, das Buch zu untersuchen und zu lesen, geschehen seltsame Dinge. Nach den ersten drei Sonetten ist es jedoch sehr viel schwieriger, einen kohärenten Handlungsstrang zu erkennen. Es scheint, dass der Erzähler das Zauberbuch benutzt, um einen Dämon zu beschwören, der den Erzähler auf eine Reise durch Raum und Zeit mitnimmt. Die verschiedenen Gedichte beschreiben daher die verschiedenen Planeten, Dimensionen und alternativen Realitäten, die der Erzähler besucht, oft wunderschön und erschreckend zugleich.

Ein weiteres Argument, das dafür spricht, dass *Saat von den Sternen* eine Erzählung ist, ist das

Vorhandensein einer unvollständigen Kurzgeschichte Lovecrafts, *Das Buch* (*The Book*), die starke Parallelen zu den ersten drei Sonetten aufweist. Es wird allgemein angenommen, dass dieses Erzählungsfragment ein Versuch Lovecrafts war, den Gedichtzyklus *Saat von den Sternen* in Prosa zu übersetzen. Leider gab Lovecraft das Projekt auf, und *Das Buch* wurde nie vollendet.

I. THE BOOK

The place was dark and dusty and half-lost
In tangles of old alleys near the quays,
Reeking of strange things brought in from the seas,
And with queer curls of fog that west winds tossed.
Small lozenge panes, obscured by smoke and frost,
Just showed the books, in piles like twisted trees,
Rotting from floor to roof—congeries
Of crumbling elder lore at little cost.

I entered, charmed, and from a cobwebbed heap
Took up the nearest tome and thumbed it through,
Trembling at curious words that seemed to keep
Some secret, monstrous if one only knew.
Then, looking for some seller old in craft,
I could find nothing but a voice that laughed.

I. DAS BUCH

Der Platz lag einsam, dunkel, staubbedeckt
Im Wirrwarr alter Gassen bei den Kais,
Von Meeresrätseln dampfend schwer und heiß;
Und Nebelfetzen war'n vom Mond erweckt.
Es starrten Fenster, rauch- und frostgefleckt,
Auf Bücher, die sich türmten hoch im Kreis,
Verzweigt gleich Bäumen. – Es zerfielen greis
Die alten Sagen, billig und verdreckt.

Bezaubert trat ich ein, nahm einen Band
Vom nächsten Spinnwebhort und las darin,
Schaudernd vor finstrem Wort, das ich dort fand,
Und vor geheimnisvoll verborgnem Sinn.
Da suchte ich den alten Antiquar,
Fand nur ein Lachen; er blieb unsichtbar.

II. PURSUIT

I held the book beneath my coat, at pains
To hide the thing from sight in such a place;
Hurrying through the ancient harbor lanes
With often-turning head and nervous pace.
Dull, furtive windows in old tottering brick
Peered at me oddly as I hastened by,
And thinking what they sheltered, I grew sick
For a redeeming glimpse of clean blue sky.

No one had seen me take the thing—but still
A blank laugh echoed in my whirling head,
And I could guess what nighted worlds of ill
Lurked in that volume I had coveted.
The way grew strange—the walls alike and madding—
And far behind me, unseen feet were padding.

II. VERFOLGUNG

Mein Mantel barg das Buch; ich war bestrebt,
Vor allem zu verbergen meine Last;
Die Hafenstraßen, alt und unbelebt,
Durchlief ich furchtsam in nervöser Hast.
Es lugten auf mich nieder, grau und schief,
Erstarrte Fenster durch verfaulten Stein,
Und ihr Geheimnis vage ahnend, rief
Ich nach des Himmels klarem blauen Schein.

Das Buch ward unbemerkt von mir entführt,
Doch leeres Lachen in mir weiterschwang.
So ahnte ich, dass dunkel es berührt'
Uralter nächtger Welt Entsetzenssang.
Da wichen Weg und Wände Nebelhallen –
Ich hörte Schritte hinter mir erschallen.

III. THE KEY

I do not know what windings in the waste
Of those strange sea-lanes brought me home once more,
But on my porch I trembled, white with haste
To get inside and bolt the heavy door.
I had the book that told the hidden way
Across the void and through the space-hung screens
That hold the undimensioned worlds at bay,
And keep lost aeons to their own demesnes.

At last the key was mine to those vague visions
Of sunset spires and twilight woods that brood
Dim in the gulfs beyond this earth's precisions,
Lurking as memories of infinitude.
The key was mine, but as I sat there mumbling,
The attic window shook with a faint fumbling.

III. DER SCHLÜSSEL

Ich weiß nicht, welcher Weg aus jenem Reich
Des stinkenden Zerfalls mir half hinaus.
Zu meiner Tür, erzitternd, kalt und bleich,
Gelangt' ich schließlich und entschwand ins Haus.
Ich hatt' das Buch, das jenen Weg erhellt
Durch Leere und durch schwarz besternte Wand,
Begrenzend undimensionale Welt,
Verlorner Ewigkeiten nächtges Land.

Der Schlüssel war nun mein zu vager Ahnung
Von abendlichen Türmen, Wäldern weit,
Unendlich tief, erbrütend düstre Mahnung,
Lauernde Drohung der Unendlichkeit.
Des Daches Fenster hörte ich mit Zagen
Hoch oben Dunkles kündend leise schlagen.

IV. Recognition

The day had come again, when as a child
I saw—just once—that hollow of old oaks,
Grey with a ground-mist that enfolds and chokes
The slinking shapes which madness has defiled.
It was the same—an herbage rank and wild
Clings round an altar whose carved sign invokes
That Nameless One to whom a thousand smokes
Rose, aeons gone, from unclean towers up-piled.

I saw the body spread on that dank stone,
And knew those things which feasted were not men;
I knew this strange, grey world was not my own,
But Yuggoth, past the starry voids—and then
The body shrieked at me with a dead cry,
And all too late I knew that it was I!

IV. ERKENNTNIS

Zurückgekommen war die Kinderzeit,
Als einstmals ich erblickt' das Eichental,
Von dichtem, dumpfem Bodennebel fahl,
Der Wesen schützte, welche Wut entweiht'.
Es war dasselbe – Laubwerk, wild und breit,
Umgürtet einen Block, auf dem ein Mal
Den Namenlosen ruft, dem ohne Zahl
Der Opferrauch erquoll vor aller Zeit.

Ein Körper lag auf jenem feuchten Stein,
Umtanzt von menschenferner Kreatur.
Dies Grauen war nicht meine Welt, oh nein,
Der sternenferne Yuggoth war's – nun fuhr
Aufschreiend jener Körper hoch, und mich
Zu spät erinnernd wusst' ich: Das war ich!

V. HOMECOMING

The daemon said that he would take me home
To the pale, shadowy land I half recalled
As a high place of stair and terrace, walled
With marble balustrades that sky-winds comb,
While miles below a maze of dome on dome
And tower on tower beside a sea lies sprawled.
Once more, he told me, I would stand enthralled
On those old heights, and hear the far-off foam.

All this he promised, and through sunset's gate
He swept me, past the lapping lakes of flame,
And red-gold thrones of gods without a name
Who shriek in fear at some impending fate.
Then a black gulf with sea-sounds in the night:
"Here was your home," he mocked, "when you had
    sight!"

V. HEIMKEHR

Er bringe heim mich, sprach nun mein Dämon,
Zu der Erinnrung bleichem Schattenland,
Den schwindelnd hohen Treppen und der Wand
Aus Türmen, die dem Wind entgegenflohn;
An einem Meer indes, viel tiefer schon,
Ein Kuppellabyrinth entlang sich wand.
Er sprach zu mir, dass wieder ich gebannt
Auf jenen Höhn vernähm' der Wellen Ton.

Und durch ein Tor im Sonnenuntergang
Vorbei an Feuerseen mit ihm ich glitt,
Vorbei an roten, goldnen Thronen mit
Entsetzten Göttern, vor dem Schicksal bang.
Dann eine nachtgeschwärzte Bucht. »Hier war«,
Sprach er, »Dein Heim vor langem Tag und Jahr.«

VI. THE LAMP

We found the lamp inside those hollow cliffs
Whose chiseled sign no priest in Thebes could read,
And from whose caverns frightened hieroglyphs
Warned every living creature of earth's breed.
No more was there—just that one brazen bowl
With traces of a curious oil within;
Fretted with some obscurely patterned scroll,
And symbols hinting vaguely of strange sin.

Little the fears of forty centuries meant
To us as we bore off our slender spoil,
And when we scanned it in our darkened tent
We struck a match to test the ancient oil.
It blazed—great God!—but the vast shapes we saw
In that mad flash have seared our lives with awe.

VI. DIE LAMPE

Wir fanden sie in einem Grottenschacht,
Mit undeutbaren Zeichen ganz umwebt.
In jener Höhle hielten Chiffren Wacht
Zur Warnung dessen, was auf Erden lebt.
Nur jene eine Lampe weilte hier,
Mit Spuren wunderlichen Öls darin
Und sonderbarer Schnörkel wirrer Zier;
Sie deuteten auf vage Sünden hin.

Die tiefen Ängste längst verwester Zeit
Verwehrten uns der Lampe Bergung nicht.
Zurück im dunklen Zelt warn wir bereit,
Ihr Öl nun zu entzünden. Streichholzlicht
Entflammte es – oh Gott! ... Im Blitzeswahn
Zerstörte uns das Leben, was wir sahn.

VII. ZAMAN'S HILL

The great hill hung close over the old town,
A precipice against the main street's end;
Green, tall, and wooded, looking darkly down
Upon the steeple at the highway bend.
Two hundred years the whispers had been heard
About what happened on the man-shunned slope—
Tales of an oddly mangled deer or bird,
Or of lost boys whose kin had ceased to hope.

One day the mail-man found no village there,
Nor were its folk or houses seen again;
People came out from Aylesbury to stare…
Yet they all told the mail-man it was plain
That he was mad for saying he had spied
The great hill's gluttonous eyes, and jaws stretched wide.

VII. ZAMANS BERG

Die alte Stadt hoch überragend, dicht
An sie gepresst, erhob sich jener Berg,
Bewaldet, riesig, fraß er jedes Licht
Und starrte drohend auf der Menschen Werk.
Zweihundert Jahre alter Wisperwahn
Erzählte, was an jenem Hang geschah:
Von Tieren, die ihr Leben dort vertan,
Und Kindern, welche niemand je mehr sah.

Der Postmann fand dort eines Tages kein
Gebäude und auch keine Menschen mehr.
Aus Aylesbury kamen viele Leute. – Sein
Verstand sei wahnbefallen, hörte er,
Denn jener Berg besitze, tat er kund,
Gefräßge Augen und auch einen Schlund.

VIII. THE PORT

Ten miles from Arkham I had struck the trail
That rides the cliff-edge over Boynton Beach,
And hoped that just at sunset I could reach
The crest that looks on Innsmouth in the vale.
Far out at sea was a retreating sail,
White as hard years of ancient winds could bleach,
But evil with some portent beyond speech,
So that I did not wave my hand or hail.

Sails out of lnnsmouth! Echoing old renown
Of long-dead times. But now a too-swift night
Is closing in, and I have reached the height
Whence I so often scan the distant town.
The spires and roofs are there—but look! The gloom
Sinks on dark lanes, as lightless as the tomb!

VIII. DER HAFEN

Bei Arkham hatte ich den Weg entdeckt,
Der durch die Klippen über Boynton führt.
Den Gipfel hatte ich schon bald berührt,
Worunter Innsmouth lag, weit ausgestreckt.
Ich sah ein Segel übers Meer gereckt,
Das Winde harter Jahre hat gespürt:
Und doch ein Omen, welches Ängste schürt;
So winkt' ich nicht und hielt mich gut versteckt.

Läuft aus von Innsmouth!, alter Ruhmeshall
Aus lange toter Zeit. Da bricht herein
Zu rasche Nacht, als ich auf einem Stein
Des Gipfels jene Stadt betrachte, all
Die Türme, all die Dächer. – Hinab
Senkt sich das Düster, lichtlos wie das Grab.

IX. THE COURTYARD

It was the city I had known before;
The ancient, leprous town where mongrel throngs
Chant to strange gods, and beat unhallowed gongs
In crypts beneath foul alleys near the shore.
The rotting, fish-eyed houses leered at me
From where they leaned, drunk and half-animate,
As edging through the filth I passed the gate
To the black courtyard where the man would be.

The dark walls closed me in, and loud I cursed
That ever I had come to such a den,
When suddenly a score of windows burst
Into wild light, and swarmed with dancing men:
Mad, soundless revels of the dragging dead—
And not a corpse had either hands or head!

IX. DER HOF

Es war die Stadt, die vormals ich gekannt,
Die Leprastadt, wo Bastardmenge schreit
Zu grausen Göttern, ihnen Klänge weiht
In Grüften unter Straßenschmutz am Strand.
Die fischbeäugten Häuser sahn in Bann
Und halb lebendig hier hervor;
Durch Schmutz mich kämpfend schritt ich durch das Tor
Zum schwarzen Hof und suchte nach dem Mann.

An jenem dunklen Ort verfluchte ich,
Dass jemals ich hierhergekommen war,
Denn plötzlich schwang aus vielen Fenstern sich
Entfesselt Licht – und eine Tänzerschar.
Ein stilles Wahnesfest im Totenland –
Es hatte niemand weder Kopf noch Hand!

X. THE PIGEON-FLYERS

They took me slumming, where gaunt walls of brick
Bulge outward with a viscous stored-up evil,
And twisted faces, thronging foul and thick,
Wink messages to alien god and devil.
A million fires were blazing in the streets,
And from flat roofs a furtive few would fly
Bedraggled birds into the yawning sky
While hidden drums droned on with measured beats.

I knew those fires were brewing monstrous things,
And that those birds of space had been *Outside*—
I guessed to what dark planet's crypts they plied,
And what they brought from Thog beneath their wings.
The others laughed—till struck too mute to speak
By what they glimpsed in one bird's evil beak.

X. DIE VÖGEL

Sie führten finstre Mauern mich entlang,
In denen Ekel angesammelt war;
Das Blinzeln fauler, fetter Fratzen drang
Als Botschaft hoch zu fremdem Götzenmahr.
Es machte Feuerschein die Nacht zum Tag;
Aus Dächern flogen Vögel still hervor,
Zum Himmel glitten schmutzig sie empor,
Und Trommeln dröhnten mit gemessnem Schlag.

Die Feuer riefen Grauen aus der Nacht;
Da ahnte ich der Vögel dunklen Flug:
Durchs *Draußen* eilten sie in irrem Zug.
Ich wusste, was von Thog sie mitgebracht.
Die andern lachten – bis ihr Blick das Ding
Ergriff, das einem Tier im Schnabel hing.

XI. THE WELL

Farmer Seth Atwood was past eighty when
He tried to sink that deep well by his door,
With only Eb to help him bore and bore.
We laughed, and hoped he'd soon be sane again.
And yet, instead, young Eb went crazy, too,
So that they shipped him to the county farm.
Seth bricked the well-mouth up as tight as glue—
Then hacked an artery in his gnarled left arm.

After the funeral we felt bound to get
Out to that well and rip the bricks away,
But all we saw were iron hand-holds set
Down a black hole deeper than we could say.
And yet we put the bricks back—for we found
The hole too deep for any line to sound.

XI. DER BRUNNEN

Bauer Seth Atwood war schon achtzig, als
Er jenen Brunnen grub vor seiner Tür,
Und Eb nur half ihm bohren für und für.
Wir lachten über sie aus vollem Hals.
Auch Eb griff dabei bald der Wahnsinn an;
Man brachte ihn ins Irrenhaus hierauf.
Seth mauerte den Brunnen zu und sann,
Dann schlitzte er den linken Arm sich auf.

Nachdem wir ihn beerdigt hatten, schien
Es uns zur Pflicht, zum Brunnen hinzugehn
Und dessen Deckelsteine wegzuziehn.
Darunter konnten wir nur Griffe sehn
In einem Loch, das keinen Grund mehr fand.
Darauf verschlossen wir des Brunnens Rand.

XII. The Howler

They told me not to take the Briggs' Hill path
That used to be the highroad through to Zoar,
For Goody Watkins, hanged in seventeen-four,
Had left a certain monstrous aftermath.
Yet when I disobeyed, and had in view
The vine-hung cottage by the great rock slope,
I could not think of elms or hempen rope,
But wondered why the house still seemed so new.

Stopping a while to watch the fading day,
I heard faint howls, as from a room upstairs,
When through the ivied panes one sunset ray
Struck in, and caught the howler unawares.
I glimpsed—and ran in frenzy from the place,
And from a four-pawed thing with human face.

XII. DIE KLAGE

Ich sollte nicht den Pfad entlang Brigg's Berg —
Den alten Hauptweg Zoars — gehn, denn hier
Ward Goody Watkins siebzehnhundertvier
Gehängt und hinterließ viel Teufelswerk.
Doch ich gehorchte nicht und hatte bald
Das weinumrankte Haus vor meinem Blick,
Da sann ich nicht auf Ulme oder Strick,
Denn seltsam war: Es wirkte nicht sehr alt.

Als nun der Tag verdämmernd sich empfahl
Und schwaches Klagen dumpf dem Haus entfloss,
Durch Scheiben, grün umrankt, ein Sonnenstrahl
Sich heimlich auf das Klagende ergoss.
Da sah ich – jenes Ding ertrug ich nicht,
Es war ein Tier mit menschlichem Gesicht.

XIII. Hesperia

The winter sunset, flaming beyond spires
And chimneys half-detached from this dull sphere,
Opens great gates to some forgotten year
Of elder splendours and divine desires.
Expectant wonders burn in those rich fires,
Adventure-fraught, and not untinged with fear;
A row of sphinxes where the way leads clear
Toward walls and turrets quivering to far lyres.

It is the land where beauty's meaning flowers;
Where every unplaced memory has a source;
Where the great river Time begins its course
Down the vast void in starlit streams of hours.
Dreams bring us close—but ancient lore repeats
That human tread has never soiled these streets.

XIII. HESPERIA

Der Wintersonne Flammen rot umfangen
Kamine, Türme fern der Wirklichkeit,
Eröffnen Tore zu vergessner Zeit
Voll alter Pracht und göttlichem Verlangen.
Erwartungsvolle Wunder brennend prangen
In jenen Feuern, auch berührt von Leid;
Entlang der Sphinxenreihe führet breit
Der Weg zu Mauern lyraschallbehangen.

Es ist das Land, wo Schönheit Blumen zeuget,
Wo jeder Einfall einem Quell entrinnt,
Wo jener Zeitfluss seinen Lauf beginnt
Und sternerhellt zum Stundenstrom sich beuget.
Erträumtes Land – doch alte Sage spricht,
Dass nie ein Mensch trat vor sein Angesicht.

XIV. STAR-WINDS

It is a certain hour of twilight glooms,
Mostly in autumn, when the star-wind pours
Down hilltop streets, deserted out-of-doors,
But showing early lamplight from snug rooms.
The dead leaves rush in strange, fantastic twists,
And chimney-smoke whirls round with alien grace,
Heeding geometries of outer space,
While Fomalhaut peers in through southward mists.

This is the hour when moonstruck poets know
What fungi sprout in Yuggoth, and what scents
And tints of flowers fill Nithon's continents,
Such as in no poor earthly garden blow.
Yet for each dream these winds to us convey,
A dozen more of ours they sweep away!

XIV. STERNENWINDE

Es ist die Stund', da trübes Zwielicht fällt,
Im Herbste meistens, wenn der Sternwind zieht
Vorüber an verlassenem Gebiet,
Die Häuser aber Kerzenlicht erhellt.
Die Blätter treiben sonderbar beschwingt,
Kaminrauch wirbelt hoch in wirrem Glanz,
Er zeiget fremden Raumes Formentanz,
Derweil Fomalhauts Licht den Dunst durchdringt.

Mondsüchtge Dichter sehn zu dieser Zeit
Die Pilze, die auf Yuggoth sprießen, auch
Die Pracht von Nithons Blume, Zweig und Strauch,
Der nichts auf Erden gleicht an Herrlichkeit.
Die Winde führn für jeden fremden Traum
Der unsren zehn hinweg zum Himmelsraum.

XV. ANTARKTOS

Deep in my dream the great bird whispered queerly
Of the black cone amid the polar waste;
Pushing above the ice-sheet lone and drearly,
By storm-crazed aeons battered and defaced.
Hither no living earth-shapes take their courses,
And only pale auroras and faint suns
Glow on that pitted rock, whose primal sources
Are guessed at dimly by the Elder Ones.

If men should glimpse it, they would merely wonder
What tricky mound of Nature's build they spied;
But the bird told of vaster parts, that under
The mile-deep ice-shroud crouch and brood and bide.
God help the dreamer whose mad visions show
Those dead eyes set in crystal gulfs below!

XV. ANTARKTOS

Mitten im Traume sang ein Adler zagend
Mir leis vom schwarzen Kegel, Eisesfeld
Öder polarer Wüste überragend,
Von irrem Sturm zerschmettert und entstellt.
Hierher verirrt sich kein gesundes Leben,
Nur matte Sonn' und bleiches Morgenrot
Jenen zerfressnen Stein gelind umweben,
Der Ältren Werk wohl, die schon lange tot.

Sollte je der Menschen Blick ihn einst erreichen,
Sein Ursprung wär' ein Rätsel der Natur,
Doch sprach der Aar von tieferen Bereichen
Im Eis, wo brütet grause Kreatur.
Gott, hilf dem Träumer, in dessen Vision
Ihn die toten Augen eisesstarr bedrohn.

XVI. The Window

The house was old, with tangled wings outthrown,
Of which no one could ever half keep track,
And in a small room somewhat near the back
Was an odd window sealed with ancient stone.
There, in a dream-plagued childhood, quite alone
I used to go, where night reigned vague and black;
Parting the cobwebs with a curious lack
Of fear, and with a wonder each time grown.

One later day I brought the masons there
To find what view my dim forbears had shunned,
But as they pierced the stone, a rush of air
Burst from the alien voids that yawned beyond.
They fled—but I peered through and found unrolled
All the wild worlds of which my dreams had told.

XVI. DAS FENSTER

Verwirrend winklig war das alte Haus,
Von einem langen Blick erfassbar kaum,
Und hinten sah aus einem kleinen Raum
Ein Fenster, steinversiegelt, blind hinaus.
Als Kind trieb oft mich fort zu diesem aus
Der Nacht gebornen Ort ein schlimmer Traum;
Dort teilte ich den dichten Spinnwebsaum,
Erstaunend mehr und mehr, doch ohne Graus.

Für freien Blick ward diese hohe Gruft
Eröffnet durch der Maurer Hammerschlag,
Doch als der Stein zerbrach, entbrauste Luft
Der fremden Leere, die dahinterlag.
Sie flohen – doch ich schaute hin und fand
Die Welten, die die Träume mir genannt.

XVII. A Memory

There were great steppes, and rocky table-lands
Stretching half-limitless in starlit night,
With alien campfires shedding feeble light
On beasts with tinkling bells, in shaggy bands.
Far to the south the plain sloped low and wide
To a dark zigzag line of wall that lay
Like a huge python of some primal day
Which endless time had chilled and petrified.

I shivered oddly in the cold, thin air,
And wondered where I was and how I came,
When a cloaked form against a campfire's glare
Rose and approached, and called me by my name.
Staring at that dead face beneath the hood,
I ceased to hope—because I understood.

XVII. Eine Erinnerung

Hochebnen steinig, Steppen endlos lang
Erstreckten sich in sternerhellter Nacht,
Und fremde Lagerfeuer schienen sacht
Auf zottiges Getier im Glöckchenklang.
Gen Süden neigte sich der Boden tief
Der Krümmung eines Walles zu; er lag
Wie ein Reptil aus fernem Urwelttag,
Das ewge Zeit zu Starr' und Stein berief.

Ich zitterte; die Luft war dünn und kalt,
Wer bin ich, frug ich, wo ist mein Zuhaus';
Da hob verhüllt sich eine Wahngestalt
Vom Feuer und sprach meinen Namen aus.
Als nun mein Blick ihr totes Antlitz fand,
Schmolz jede Hoffnung fort — denn ich verstand.

XVIII. THE GARDENS OF YIN

Beyond that wall, whose ancient masonry
Reached almost to the sky in moss-thick towers,
There would be terraced gardens, rich with flowers,
And flutter of bird and butterfly and bee.
There would be walks, and bridges arching over
Warm lotus-pools reflecting temple eaves,
And cherry trees with delicate boughs and leaves
Against a pink sky where the herons hover.

All would be there, for had not old dreams flung
Open the gate to that stone-lanterned maze
Where drowsy streams spin out their winding ways,
Trailed by green vines from bending branches hung?
I hurried—but when the wall rose, grim and great,
I found there was no longer any gate.

XVIII. Die Gärten von Yin

Dort hinter jener alten Mauer, die
Bemooste Türme in den Himmel streckte,
Ein blumenprächtger Garten sich versteckte,
Umschwirrt von Biene, Falter, Kolibri.
Da waren Promenaden; Brücken bogen
Sich über Spiegel warmer Lotosseen;
Sie ließen Tempel, Baum, Gezweig erstehn
Vor Rosenluft, in der die Reiher zogen.

Ward nicht entdeckt durch alter Träume Macht
Das Tor zu jenem hellen Labyrinth,
Wo träge Ströme dicht bewuchert sind
Von wilden Weines üppig grüner Pracht?
Ich lief – die Wand erhob sich, grimm und stark:
Ich stellte fest, dass sie kein Tor mehr barg.

XIX. THE BELLS

Year after year I heard that faint, far ringing
Of deep-toned bells on the black midnight wind;
Peals from no steeple I could ever find,
But strange, as if across some great void winging.
I searched my dreams and memories for a clue,
And thought of all the chimes my visions carried;
Of quiet Innsmouth, where the white gulls tarried
Around an ancient spire that once I knew.

Always perplexed I heard those far notes falling,
Till one March night the bleak rain splashing cold
Beckoned me back through gateways of recalling
To elder towers where the mad clappers tolled.
They tolled—but from the sunless tides that pour
Through sunken valleys on the sea's dead floor.

XIX. DIE GLOCKEN

Seit Jahren hörte ich dies Glockenklingen
Von ferne dumpf im schwarzen Wind der Nacht;
Geläut, von keinem Kirchturm angefacht,
Befremdend wie durch tiefe Leere dringen.
Ich forscht' im Traum und der Erinnrung Land,
Gedacht' des Läutens meiner Visionen;
Des stillen Innsmouth, wo die Möwen wohnen
Im alten Kirchturm, den ich einst gekannt.

Bestürzt vernahm ich jene fernen Glocken,
Bis einer Märznacht kalter Regenfall
Mich durch Gedächtnistore konnte locken
Zu ältrer Türme irrem Klapperschall.
Sie klangen – durch eine sonnenlose Schlucht
Im tiefsten Grunde einer Meeresbucht.

XX. NIGHT-GAUNTS

Out of what crypt they crawl, I cannot tell,
But every night I see the rubbery things,
Black, horned, and slender, with membraneous wings,
And tails that bear the bifid barb of hell.
They come in legions on the north wind's swell,
With obscene clutch that titillates and stings,
Snatching me off on monstrous voyagings
To grey worlds hidden deep in nightmare's well.

Over the jagged peaks of Thok they sweep,
Heedless of all the cries I try to make,
And down the nether pits to that foul lake
Where the puffed shoggoths splash in doubtful sleep.
But oh! If only they would make some sound,
Or wear a face where faces should be found!

XX. NACHTGESPENSTER

Woher sie kommen, ist mir nicht bekannt,
Doch jede Nacht erblick' ich ihr Fanal;
Gehörnt sind sie, mit Schwingen schwarz und schmal
Und Schwänzen, von der Hölle angebrannt.
Sie reiten auf dem Nordwind im Verband
Obszöner Masse, stechen, senden Qual,
Entführen mich zu irrem Bacchanal
In graue Welten, in des Nachtmahrs Land.

Sie gleiten längs Thoks schroffem Gipfelsaum,
Missachtend meiner stummen Schreie Weh',
Hinunter nun zu jenem faulen See,
Wo sich Shoggothen drehn in wachem Traum.
Doch oh! Erzeugten sie bloß einen Laut
Und trügen ein Gesicht auf ihrer Haut!

XXI. NYARLATHOTEP

And at the last from inner Egypt came
The strange dark One to whom the fellahs bowed;
Silent and lean and cryptically proud,
And wrapped in fabrics red as sunset flame.
Throngs pressed around, frantic for his commands,
But leaving, could not tell what they had heard;
While through the nations spread the awestruck word
That wild beasts followed him and licked his hands.

Soon from the sea a noxious birth began;
Forgotten lands with weedy spires of gold;
The ground was cleft, and mad auroras rolled
Down on the quaking citadels of man.
Then, crushing what he chanced to mould in play,
The idiot Chaos blew Earth's dust away.

XXI. NYARLATHOTEP

Er nahte aus Ägyptens weitem Land,
Der Dunkle, von Fellachen bang verehrt,
So ruhig, seltsam stolz und ausgezehrt;
Gehüllt in abendflammendes Gewand.
Die Massen lauschten seinem Wort voll Gier
Und wussten später nicht, was er gesagt.
Durch alle Reiche ward die Mär gejagt,
Dass ihm anbetend folgte wild' Getier.

Vergessenes Gebiet gebar das Meer,
Mit goldnen Türmen, dicht mit Schlick und Tang
Verklebt, und irre Morgenröte drang
herab, griff an der Menschen Burg und Wehr.
Zerschmetternd, was gebaut er ohne Zweck,
Blies Chaos dann den Erdenstaub hinweg.

XXII. AZATHOTH

Out in the mindless void the daemon bore me,
Past the bright clusters of dimensioned space,
Till neither time nor matter stretched before me,
But only Chaos, without form or place.
Here the vast Lord of All in darkness muttered
Things he had dreamed but could not understand,
While near him shapeless bat-things flopped and fluttered
In idiot vortices that ray-streams fanned.

They danced insanely to the high, thin whining
Of a cracked flute clutched in a monstrous paw,
Whence flow the aimless waves whose chance combining
Gives each frail cosmos its eternal law.
—I am His Messenger," the daemon said,
As in contempt he struck his Master's head.

XXII. AZATHOTH

Der Dämon trug mich in die dumpfe Leere,
Von hellem Glast in weitem Raume fort,
Wo weder Zeit noch Stoff sich vor mir mehre:
Nur Chaos, ohne Form und ohne Ort.
Im Dunkel sprach der Herr des Alls von Dingen,
Die unverstanden nächtens er geträumt,
Und um ihn schwirrten vage Flederschwingen
In Strahlenstrudeln, wahnvoll aufgeschäumt.

Sie tanzten irr zum hohen, dünnen Pfeifen
Des Grauens auf zerborstnem Flötenbein,
Von dem die Zufallswellen schweifen,
Die jedem Kosmos sein Gesetz verleihn.
»Ich bin sein Bote«, sagte der Dämon
Und schlug entzwei des Meisters Haupt voll Hohn.

XXIII. MIRAGE

I do not know if ever it existed—
That lost world floating dimly on Time's stream—
And yet I see it often, violet-misted,
And shimmering at the back of some vague dream.
There were strange towers and curious lapping rivers,
Labyrinths of wonder, and low vaults of light,
And bough-crossed skies of flame, like that which quivers
Wistfully just before a winter's night.

Great moors led off to sedgy shores unpeopled,
Where vast birds wheeled, while on a windswept hill
There was a village, ancient and white-steepled,
With evening chimes for which I listen still.
I do not know what land it is—or dare
Ask when or why I was, or will be, there.

XXIII. TRUGBILD

Verlorne, dunkle Welt in Zeitstromtiefen –
Ob je sie existierte, weiß ich nicht –
Doch sehe ich sie oft, denn Träume riefen
Durch Purpurnebel sie zu schwachem Licht.
Dort gab es sonderbare Flüsse, Türme,
Auch Labyrinthe, Licht in tiefem Schacht,
und Flammenhimmel kreuzten Zweiggewürme,
Ersehnlich bebend vor der Winternacht.

An Moore grenzten öde Riedgrasstrände
Unter Riesenvögeln – die alte Stadt
Erhob auf windgem Berg die weißen Wände;
Noch hör' ich ihre Abendglocken matt.
Ich weiß nicht, welches Land dies ist – noch wann,
Warum, ich dort war – oder dort sein kann.

XXIV. THE CANAL

Somewhere in dream there is an evil place
Where tall, deserted buildings crowd along
A deep, black, narrow channel, reeking strong
Of frightful things whence oily currents race.
Lanes with old walls half meeting overhead
Wind off to streets one may or may not know,
And feeble moonlight sheds a spectral glow
Over long rows of windows, dark and dead.

There are no footfalls, and the one soft sound
Is of the oily water as it glides
Under stone bridges, and along the sides
Of its deep flume, to some vague ocean bound.
None lives to tell when that stream washed away
Its dream-lost region from the world of clay.

XXIV. DER KANAL

Im Traumland gibt es einen schlimmen Ort:
Von großen Häusern wird ein Schacht
mit schwarzem, tiefem Wasser dort bewacht,
Der stinkend braust von Schreckensströmen fort.
Verweste Giebel fliehn einander zu
In Gassen, über die man niemals spricht,
Und sonderbares Glimmen gießt das Licht
Des Mondes auf der Fenster dunkle Ruh.

Schrittlose Stille; nur das ölig schwer
Bewegte Wasser fließt in sanftem Klang
Unter Steinbrücken und gemach hinlang
Durch den Kanal zu einem vagen Meer.
Alswann wird weggewaschen und entflohn
Sein jene traumverlorne Region.

XXV. St. Toad's

—Beware St. Toad's cracked chimes!" I heard him scream
As I plunged into those mad lanes that wind
In labyrinths obscure and undefined
South of the river where old centuries dream.
He was a furtive figure, bent and ragged,
And in a flash had staggered out of sight,
So still I burrowed onward in the night
Toward where more roof-lines rose, malign and jagged.

No guide-book told of what was lurking here—
But now I heard another old man shriek:
—Beware St. Toad's cracked chimes!" And growing weak,
I paused, when a third greybeard croaked in fear:
—Beware St. Toad's cracked chimes!" Aghast, I fled—
Till suddenly that black spire loomed ahead.

XXV. ST. FROSCH

Er rief: »Ich warne vor St. Froschs Geläut!«,
Als ich in jene Straßen tauchte, die
Beim Fluß sich drehn in Wahngeometrie,
Dort, wo die Zeit sich ihres Traumes freut.
Gebeugt, zerlumpt war seine Schmiergestalt;
Er schwankte fort vor eines Blitzes Macht,
Und ich verkroch mich tiefer in die Nacht
Zu Dächerreihen böse, schroff und alt.

Kein Reiseführer nannte diesen Platz.
Da hört' ich eines andren Alten Schrei:
»Ich warne vor St. Froschs Geläut!« Hierbei
Erstarrt' ich; noch ein dritter rief den Satz:
»Ich warne vor St. Froschs Geläut!« Und da
Lief ich fort, bis ich jenen Kirchturm sah.

XXVI. The Familiars

John Whateley lived about a mile from town,
Up where the hills began to huddle thick;
We never thought his wits were very quick,
Seeing the way he let his farm run down.
He used to waste his time on some queer books
He'd found around the attic of his place,
Till funny lines got creased into his face,
And folks all said they didn't like his looks.

When he began those night-howls we declared
He'd better be locked up away from harm,
So three men from the Aylesbury town farm
Went for him—but came back alone and scared.
They'd found him talking to two crouching things
That at their step flew off on great black wings.

XXVI. DIE SCHUTZGEISTER

John Whateley lebte draußen vor der Stadt,
Dort oben bei dem dichten Hügelband.
Nicht schnell noch scharf erschien uns sein Verstand,
Da nie ihn seine Farm gekümmert hat.
Für krause Bücher nahm er sich viel Zeit,
Die lange unterm Dach gelegen, bis
Gerunzel seltsam sein Gesicht durchriss;
Man scheute seiner Blicke Düsterkeit.

Ihn zwingen wollten wir zu seinem Glück,
Sobald er jenes Nachtgeheul begann.
Drei Männer gingen aus der Stadt bergan,
Doch kamen angsterfüllt allein zurück.
Sie sahen ihn in Unterhaltung mit
Zwei Schrecken, welche flohn bei ihrem Tritt.

XXVII. THE ELDER PHAROS

From Leng, where rocky peaks climb bleak and bare
Under cold stars obscure to human sight,
There shoots at dusk a single beam of light
Whose far blue rays make shepherds whine in prayer.
They say (though none has been there) that it comes
Out of a pharos in a tower of stone,
Where the last Elder One lives on alone,
Talking to Chaos with the beat of drums.

The Thing, they whisper, wears a silken mask
Of yellow, whose queer folds appear to hide
A face not of this earth, though none dares ask
Just what those features are, which bulge inside.
Many, in man's first youth, sought out that glow,
But what they found, no one will ever know.

XXVII. DER ALTE LEUCHTTURM

Von Leng, wo Berge klimmen öd und fahl,
Dort unter Sternen, fern dem Angesicht,
Ergießt im Dämmer sich ein einzeln' Licht;
Die Schläfer bannt in Angst sein blauer Strahl.
Sie sagen ahnend, dass es kommen mag
Von einem Brand in einem Turm aus Stein,
Wo noch der letzte Alte lebt allein,
Der mit dem Chaos spricht durch Trommelschlag.

Er trage eine Maske, raunen sie,
Aus gelbem Samt um sein Gesicht gewebt;
Er sei so fremd und erdenfern und alt,
Dass nie ein Mensch ihn je zu sehn erstrebt.
Es suchten viele seit Beginn der Welt
Nach des Strahls Geheimnis; nie ward es erhellt.

XXVIII. EXPECTANCY

I cannot tell why some things hold for me
A sense of unplumbed marvels to befall,
Or of a rift in the horizon's wall
Opening to worlds where only gods can be.
There is a breathless, vague expectancy,
As of vast ancient pomps I half recall,
Or wild adventures, uncorporeal,
Ecstasy-fraught, and as a day-dream free.

It is in sunsets and strange city spires,
Old villages and woods and misty downs,
South winds, the sea, low hills, and lighted towns,
Old gardens, half-heard songs, and the moon's fires.
But though its lure alone makes life worth living,
None gains or guesses what it hints at giving.

XXVIII. BEGEHR

Warum verschiedne Dinge einen Traum
Von Wunder in mich legen, weiß ich nicht;
Mir auch durch Horizontenspalt die Sicht
Eröffnen auf der Götterwelten Raum.
Da füllt mich atemlos und vag Begehr
Nach halb erahnter alter, großer Pracht,
Nach wilder Abenteuer heißer Macht;
Ein Traum, so körperlos, ekstaseschwer.

Es ist in Sonnenuntergängen und
Uralten Dörfern, Wäldern, Nebelland,
In Hügel, Südwind, See und Mondesbrand,
In leisem Sang und altem Gartengrund.
Obwohl nach ihm des Lebens Wert sich misst,
So weiß doch niemand, was noch wo es ist.

XXIX. NOSTALGIA

Once every year, in autumn's wistful glow,
The birds fly out over an ocean waste,
Calling and chattering in a joyous haste
To reach some land their inner memories know.
Great terraced gardens where bright blossoms blow,
And lines of mangoes luscious to the taste,
And temple-groves with branches interlaced
Over cool paths—all these their vague dreams show.

They search the sea for marks of their old shore—
For the tall city, white and turreted—
But only empty waters stretch ahead,
So that at last they turn away once more.
Yet sunken deep where alien polyps throng,
The old towers miss their lost, remembered song.

XXIX. NOSTALGIA

Wie jedes Jahr im stillen Herbstenglast
Erheben sich die Vögel übers Meer,
Begehren ihres Traumlands Wiederkehr
Und schnatterschrein erregt in freudger Hast.
Terrassengärten voller Blütenlast
Und Mangobäume, süß, von Früchten schwer,
Gebären ihre Träume, hell und hehr,
Und Tempelwald, beschirmt von Blatt und Ast.

Sie suchen ab die See nach seinem Strand,
Nach jener weißbetürmten, großen Stadt,
Doch endlos liegt das Wasser, leer und glatt;
So drehn sie wieder bei zum Heimatland.
Und unten zwischen Kraken träumt die Stadt
Von jenem Lied, das sie verloren hat.

XXX. Background

I never can be tied to raw, new things,
For I first saw the light in an old town,
Where from my window huddled roofs sloped down
To a quaint harbour rich with visionings.
Streets with carved doorways where the sunset beams
Flooded old fanlights and small window-panes,
And Georgian steeples topped with gilded vanes—
These were the sights that shaped my childhood dreams.

Such treasures, left from times of cautious leaven,
Cannot but loose the hold of flimsier wraiths
That flit with shifting ways and muddled faiths
Across the changeless walls of earth and heaven.
They cut the moment's thongs and leave me free
To stand alone before eternity.

XXX. HINTERGRUND

Die neuen, rohen Dinge sind mir leer;
Mein Leben wuchs in einem alten Ort;
Dort krümmte sich von meinem Fenster fort
Zum Wunderhafen hin ein Dächermeer.
Durchflutet waren Straßen, Türen, Glas
Der Fenster hell von Abendsonnenlicht,
Der Kirchen goldnes Angesicht.
All dies war meiner Kindheitsträume Maß.

Doch solcher zeitvergessnen Schätze Gaben
Vermögen wohl der schwächren Geister Halt
Zu lösen, die veränderliche, bald
Verworrne Wege längs der Starre traben.
Mich lassen sie der Zeiten Zügel fliehn,
Um vor der Ewigkeit allein zu knien.

XXXI. THE DWELLER

It had been old when Babylon was new;
None knows how long it slept beneath that mound,
Where in the end our questing shovels found
Its granite blocks and brought it back to view.
There were vast pavements and foundation-walls,
And crumbling slabs and statues, carved to show
Fantastic beings of some long ago
Past anything the world of man recalls.

And then we saw those stone steps leading down
Through a choked gate of graven dolomite
To some black haven of eternal night
Where elder signs and primal secrets frown.
We cleared a path—but raced in mad retreat
When from below we heard those clumping feet.

XXXI. DER BEWOHNER

Es war schon alt, als Babylon erstand;
Wie lang es schlafend in dem Hügel lag,
Weiß niemand; seine Steine sah der Tag,
Als schließlich unser Spaten es dort fand.
Da waren Mauern, Pflasterungen breit
Und Platten und Skulpturen, zeugend von
Absurder Wesen altem Pantheon,
Doch jenseits menschlicher Vergangenheit.

Dann sahen wir die Stufen, welche wohl
Sich wanden durch ein Steintor in den Schacht
Zu einem schwarzen Hafen ewger Nacht
Und tiefstem Rätsel, ältestem Symbol.
Wir bahnten einen Pfad – doch flohen bang,
Als unter uns Getrampel dumpf erklang.

XXXII. ALIENATION

His solid flesh had never been away,
For each dawn found him in his usual place,
But every night his spirit loved to race
Through gulfs and worlds remote from common day.
He had seen Yaddith, yet retained his mind,
And come back safely from the Ghooric zone,
When one still night across curved space was thrown
That beckoning piping from the voids behind.

He waked that morning as an older man,
And nothing since has looked the same to him.
Objects around float nebulous and dim—
False, phantom trifles of some vaster plan.
His folk and friends are now an alien throng
To which he struggles vainly to belong.

XXXII. ENTFREMDUNG

Sein Körper war nie fortgewesen, denn
Zu Haus fand jede Morgendämmrung ihn,
Doch jede Nacht ließ seinen Geist er ziehn
Durch Klüfte, Welten fern vom Tagsgerenn'.
Er hatte Yaddith klaren Sinns bereist,
Aus Ghoor kam er zurück; dann hörte er
Ein lockend' Pfeifen nachts vom Jenseits her,
Das hinter dem gekrümmten Raume kreist.

Der Morgen traf ihn an als alten Mann,
Seither ist nichts für ihn dasselbe mehr.
Die Dinge fließen um ihn trüb und leer –
Phantomobjekte in vergessnem Bann.
Ihm sind entfremdet Freund und Volkesschar;
Sein Schicksal ist allnun unwandelbar.

XXXIII. Harbour Whistles

Over old roofs and past decaying spires
The harbour whistles chant all through the night;
Throats from strange ports, and beaches far and white,
And fabulous oceans, ranged in motley choirs.
Each to the other alien and unknown,
Yet all, by some obscurely focussed force
From brooding gulfs beyond the Zodiac's course,
Fused into one mysterious cosmic drone.

Through shadowy dreams they send a marching line
Of still more shadowy shapes and hints and views;
Echoes from outer voids, and subtle clues
To things which they themselves cannot define.
And always in that chorus, faintly blent,
We catch some notes no earth-ship ever sent.

XXXIII. HAFENGEPFEIFE

Vom Port weht über alte Dächer her
Und längs der toten Türme Nachtgepfeif';
Es raunt ein Chor von weitem Sandesstreif,
Von Wunderhafen und Legendenmeer:
Dem andren jeder fremd und unbekannt,
Doch alle wie durch eine dunkle Kraft
Von jenseits Zodiaks Lauf herbeigeschafft,
Vereinigt in verwirrendem Diskant.

Hinunter schicken sie durch schattgen Traum
Die schwarzen Dinge, die im Labyrinth
Der Vagnis Echos äußrer Leere sind;
Gespinst, nicht definiert in Zeit noch Raum.
Und immer hören wir in diesem Chor
Gesang, den keines Seemanns Stimm' verlor.

XXXIV. RECAPTURE

The way led down a dark, half-wooded heath
Where moss-grey boulders humped above the mould,
And curious drops, disquieting and cold,
Sprayed up from unseen streams in gulfs beneath.
There was no wind, nor any trace of sound
In puzzling shrub, or alien-featured tree,
Nor any view before—till suddenly,
Straight in my path, I saw a monstrous mound.

Half to the sky those steep sides loomed upspread,
Rank-grassed, and cluttered by a crumbling flight
Of lava stairs that scaled the fear-topped height
In steps too vast for any human tread.
I shrieked—and *knew* what primal star and year
Had sucked me back from man's dream-transient
     sphere!

XXXIV. WIEDERERLANGUNG

Durch dunkle Heide führte mich der Weg,
Wo moosig grauer Stein gebuckelt lag,
Und Tropfen netzten kalt, so fremd und vag,
Aus tiefster Klüfte Strömen meinen Steg.
Da war kein Wind, der Strauch und Busch durchstob,
Kein Laut in Ästen, krumm und sonderlich,
Noch eine Aussicht fern – bis plötzlich sich
Ein mächtger Hügel steil vor mir erhob.

Zum Himmel halbwegs ragte er hinauf,
Bewuchert, überhäuft von Lavastein,
Der bröckelnd hochklomm zu des Gipfels Pein
In Stufen, viel zu weit für Menschenlauf.
Ich schrie – und *wusst'*, durch welchen Glanz und Raum
Ich fortgesogen ward vom Menschentraum.

XXXV. EVENING STAR

I saw it from that hidden, silent place
Where the old wood half shuts the meadow in.
It shone through all the sunset's glories—thin
At first, but with a slowly brightening face.
Night came, and that lone beacon, amber-hued,
Beat on my sight as never it did of old;
The evening star—but grown a thousandfold
More haunting in this hush and solitude.

It traced strange pictures on the quivering air—
Half-memories that had always filled my eyes—
Vast towers and gardens; curious seas and skies
Of some dim life—I never could tell where.
But now I knew that through the cosmic dome
Those rays were calling from my far, lost home.

XXXV. ABENDSTERN

Ich sah ihn am verborgnen Schweigeort,
Wo halb der alte Wald die Wiese säumt;
Durch allen Glanz der Dämmerung er träumt' –
Erst matt, dann heller werdend immerfort.
Nacht kam, und jener Stern im Bernsteinkleid,
Verlassen, griff mich an mit Ungemach;
Der Abendstern – gewachsen tausendfach
An Qual in dieser Ruh' und Einsamkeit.

Er tuschte wirre Bilder in die Luft –
Ich konnte halb erinnernd sie verstehn –
Bizarre Türme, Gärten, Himmel, Seen
In einer dunklen, fremden Lebenskluft.
Nun wußt' ich, dass mir jenes Lichtes Strang
Von meiner ewig fernen Heimat sang.

XXXVI. CONTINUITY

There is in certain ancient things a trace
Of some dim essence—more than form or weight;
A tenuous aether, indeterminate,
Yet linked with all the laws of time and space.
A faint, veiled sign of continuities
That outward eyes can never quite descry;
Of locked dimensions harbouring years gone by,
And out of reach except for hidden keys.

It moves me most when slanting sunbeams glow
On old farm buildings set against a hill,
And paint with life the shapes which linger still
From centuries less a dream than this we know.
In that strange light I feel I am not far
From the fixt mass whose sides the ages are.

XXXVI. FORTBESTAND

Es liegt in manchem alten Ding ein Traum
Von dunklem Sein – verlassend Form, Gewicht,
Ein zarter Äther, unbestimmt und licht,
Vernetzt doch im Gesetz von Zeit und Raum.
Ein Zeichen, matt und vag, von Fortbestand,
Das unduldsame Augen niemals sehn,
Von Räumen, wo die alten Jahre stehn,
So fern, sei's denn, ein Schlüssel einst sie fand.

Es rührt mich stark, wenn schräg die Sonne scheint
Auf alte Hügelkaten, dabei bald
Die Formen malt, die bleiben, zeitlos alt,
Realer denn der Traum, der uns vereint.
In diesem Lichte fühl' ich mich allda
Der festen Masse der Äonen nah.

ÜBER DEN AUTOR

Howard Phillips Lovecraft (1890-1937) war ein amerikanischer Autor und Dichter von Horrorgeschichten, düsterer Phantastik und unheimlichen Romanen. Obwohl sein Werk zu seinen Lebzeiten unbekannt und wenig bekannt war, ist sein Werk in den Jahrzehnten nach seinem Tod enorm populär geworden und hat andere Schriftsteller, Autoren und Filmemacher beeinflusst. Lovecraft wurde 2016 in die Science Fiction and Fantasy Hall of Fame aufgenommen.

Heute ist Lovecraft vor allem für seine Schöpfung des Cthulhu-Mythos sowie für sein Konzept des "kosmischen Horrors" bekannt, das das Horrorgenre auch heute noch beeinflusst.

ÜBER DEN ÜBERSETZER

Michael Siefener ist ein deutscher Schriftsteller und Übersetzer, der hauptsächlich Werke der phantastischen und historischen Literatur veröffentlicht. Geboren am 14. 11. 1961 in Köln, seiner dort Schulbesuch und Studium der Rechtswissenschaften. Heirat 1988 und Umzug nach Haan/Rheinland. Nach dem ersten Staatsexamen Promotion über "Hexerei im Spiegel der Rechtstheorie." Vorzeitige Beendigung der Referendarzeit zum 1. 1. 1992 auf eigenen Wunsch, ab und seiner Passion, unheimlichen Literatur, zu, und seitdem ein freier Schriftsteller. Neben Übersetzungen macht er immer wieder mit stimmungsvollen phantastischen Erzählungen auf sich aufmerksam. Nach dem Tod der Ehefrau 2002 Umzug nach Manderscheid/Eifel. Lebt seit einigen Jahren abwechselnd in der Eifel und in Hamburg.